詩集 反転しつつ

鬼頭武子

土曜美術社出版販売

詩集　反転しつつ＊目次

Ⅰ

Ⅱ

III

カバー装画／鬼頭正臣

詩集　反転しつつ

I

音の番人

わけもなく　さきほどから
掛け時計の針のすすむ音を　追っている

隣の家の戸が開いて　閉まる音がした
息子さんが帰ってきた

遠くで鉄橋をわたる列車の響き
西へ行く　長い貨物列車だ

庭で鯉がはねる
水音がおおきいから　黄色いのだ

オートバイがエンジンをふかし走っていく
二本向こうの　道

そろりそろり　階下で足音
台所で水を飲む　義母

枕の上で　耳が立っている
手探りで　夏ぶとんを引きよせる

そういえば　はじめから聞こえていたのは
窓の下の　時雨のような虫の音だった

眠れぬ夜
影もなく　まわりがしきりに見えてくる

冬の隣

隣の屋根のアンテナに
ヒヨドリが止まっている
庭の真っ赤になった南天の実を
寒空の下でねらっている

あのアンテナに止まれたら
赤い実が見えるだろうか
葉の裏に潜む虫たちを
はじめて羽子板を買ってもらったお正月に

色とりどりの羽根を失くした　無患子《むくろじ》の実を
見つけられないまま過ぎていくものたち

家々を縫って続く白い道の先に　ガラスの架け橋
弧状のひろがりに
たどり着けるだろうか

うすらいでいく気に　とつぜん
透明な風が冷ややかに
思いがけない速さですり抜けて
研ぎ澄まされていく山々の
覚悟に似た揺るぎない姿が　迫る

落ち葉を集め
北の板戸を閉めて　身支度をする
ヒヨドリが飛び立つ

灯火に揺れる影

吹き返しの風が
大揺れの電線をさらに混乱させて
通り過ぎ
あたりは静けさだけが残った

用心深く戸棚から降ろしておいた
非常用のロウソクに灯を点し
ほそぼそと食事をはじめる
テーブルの上の灯りが

日ごろは見えない向かいの顔の　深い陰影を
ゆらゆら浮かばせ
その背後に拡大した影がためらいながら揺れる
手さぐりの言葉も少なく
匂いのうすい食事が終わる

音の消えた部屋の
柿色を薄めたような灯りのもとで
あのためらいがちな影が
やおら　鶴を折りはじめた
折り紙の擦れる幽かな音が
闇の隙間に吸い込まれていく

細長い指の影が

照らされた小さな紙に　舞い落ちて
長く暗い夜の時間を折っている

水無し川

小さな罪をいくつか抱え
人知れず葬りたいとさまよっている

夏近く
草がはえ　石ころばかりの
水のない川を渡った
コトッ　コトッ
傾いた石と石が擦れるたびに
安定のない靴の裏で鳴り

ひからびた響きが　流れ込む

降っても降っても　雨は
川底に潜り込み　水は流れず
石は石でありつづけ
それを受け入れることができず荒んでいた

水のにおいを聞こうと　耳を当てたが
漂うものもなく
石は萎縮したままだった

誰が積んだのか
晒された祈りのように
石が盛られている

抱えていたものを　ひとつ
そのわきに　そっと重ね　見送った

村の中心を流れる水無し川は
稲を育てることもなく
はるか下流で伏流水となって湧き出ている

壺中天

すでに花は散り
あたりは人影もまばらだった
それでも奥へ奥へと歩いた
気がつくと
円を描くように茂った
木立の中に迷い込んでいた

森に囲まれた美術館に入ると
にぶい光の中の古い壺に

目がとまった
時代を超え人をひきつけ
手招きをする
せまい口からそっと覗くと
底知れない暗い空気の重みに
身体ごと引き込まれてこわばる
何を恐れているのか
闇が問いかけてくる
いっそ……
あやうい不思議な世界の入り口だった

すでに花はすぎ
葉桜をすかし　うす陽がそよぐ一郭の下で
干渉されることのない時間のなか

まわりの色さえ自在にぬりかえて
目を閉じる

かすかな耳鳴りの響きのなか
静かに新しい生に入りたち
すっぽりと　闇に浸っている

さくら模様

雨あがりの朝
いちめんに散っている
さくらの花びらを
踏んでしまった
目的のところには
通り抜けなければ行けない
迂回路のない一本道
ひと足
ふた足

靴の底で
透けるような花びらが
通ってはならない道と
とおせんぼしている

淡さとためらいが交差して

いっそ
花ふぶきのなかに
乱れ舞えるなら
と

あおげば
いくらか残った満開の桜が

触れあう袖となり
うすずみの空合に
わたしを見送るように
揺れていた

五月の風

いつからか
便りは　届かなくなった
風には
色がないと思っていた
あの日
白い帽子をかぶっていた

歩道橋の階段をあがると
坂のある街がみえた

約束はしていなかったけれど
きめていた

机の鍵をあけるのは
演奏会が終わってから　と

適えようとしているのは　何か
贖おうとしているのは　何か

自分を試してみた
陰祭りのように

時は　足ばやに
振り返りもしないで　過ぎていく

追いかけるのが精一杯で
風は気にならなかった

ぴたりととまったとき
あたりの葉が　にわかにざわめいた
季節の動揺の
はじまりだったかもしれない

青い風だった

瞬きもしないで吹いている

木枯らしの吹く前に

破れた障子の穴から
赤い山茶花の花を
眺める人がいた
枕にすっぽりとうずまった頭を
横にかしげ眺めていた

春は　山吹の花だった

ある日

庭から部屋を覗いた
ためらいながらというより
ちいさな約束をやぶったかくれんぼのように

いがいに小さな穴の
陽の射さないその向こうに
拡大された畳の目だけがくっきりと見えた

一枚の和紙をへだてた
内側の穴
と
外側の穴
委ねられた限りのない世界へ
やぶれたのか

やぶられたのか
いつ……

山茶花が咲き　木枯らしの吹く前に
障子は張りかえられた
もう　内側から眺める人もいない
漏れる息もない　初冬

月の傾き

何かに促されるように目がさめた
カーテンの隙間から
一直線に　月の光が差し込み
顔の左半分を照らしている
澄みきった黄白色だ
そのまま月を見るには
あまりにも　眩しすぎる

この光は　あの人のベッドにも

届いているだろうか
窓を閉ざし
わずかな光さえ
か細い手でさえぎり
暗闇の中で
たいせつなものを
どんどん失くしている
闇に身を悔ますと
身につけていたものが
捨てやすいのだろうか
捨ててしまった　空間に
得体の知れないものが
もやもやと　発芽し
そして

あらたに増殖していく

差し込む月の光に目がなじみ
顔を　窓に向けると
右半分も照らされているのがわかる
わずかな影を　残して

反転しつつ

靴下をぬいで
畳のうえに寝ころんだ
天井板がずれはじめている

壁にかかった絵の紫陽花は
下の
いや　上の方の花が咲きすぎている
柱の時計の針が戻らない
押し入れの上の天袋で

湿気を含んだものたちが
日ごと膨張している

背中を反り　顎をあげると
ガラス越しに　隣の家の屋根が
不安定な壊れた構図で　浮かんでいる

空に向けて
人差し指を　帆柱のようにたてると
先端に光が集まり　帆柱はさらに伸びて
青の粒子に囲まれる

重力のない昼下がり
まわりの陰画は　光をすり抜け

左右違えたまま
密かに　浮遊しはじめている

Ⅱ

偶然

また　偶然に会えたらいいね
年賀状の印刷文字の横に
ペンで書かれていた言葉
いつか友と偶然会った街で
長い間のわだかまりをとく
約束はしないけど
偶然に
それっきり

約束した駅で

乗るはずだった電車を
三台見送り　一人で乗った
混んだ車内のつり革の手の横に
その手があった
偶然ではない偶然

庭に一本
蒔いた覚えのない鶏頭が
まっ赤な花を咲かせ
夏の終わりを　威嚇している
偶然迷い込んだ種が
たよりなく秋めいていく色たちを
当然のように　あかあかと
染めあげている

タイミング

ふいの訪問客があった
遠くを見るような目で
えんりょがちに玄関に立っている
前へ前へと進む人だったが
久しぶりに会う姿は
しぼんだ鞄を抱えていた

ぼそぼそと話しはじめたのは
とりとめのないせけんばなし
取っ手のない引き出しは

無理に開けたりはしない
開けたとしても
触れてはいけないものがある

ひとりでは生まれない空気の流れに
ほぐれていくものがある
慣れないエスカレーターに乗るように
足さきを見つめ
そのタイミングをはかっている

　ながいこと　ごめんね
夕方の玄関で
名残の雪が解けていくような
うしろ姿を見送った

日常を解く

午後の陽ざしの部屋で
ロッキングチェアにもたれ
知恵の輪で遊ぶ女がいる
チャリンと音がして
金輪を解くまなざしで
向かいあった私を見る
口もとにかすかな笑みを浮かべて

三つの輪がからみあい

見えないかすかな隙間を
たやすくすり抜けられなくても
気をもむこともない

朝一番に飲むお茶が　のどを潤すように

昼は　小さな蕾がやわらぐ庭で

夕暮れは　小川に沿った細い道を
あしたの色に染まりながら歩く

互いの距離が見え隠れする
飛白な時間を共有するならば

日付の変わる午前零時
引き潮に似た寝息が漏れてくれば
暗闇のなかでも
指先にまといつく輪が
いくつ重なっても
ふうっ　と息を吹きかければ
するりと
夢にも似た日常が日常にとけていく

慈雨が降れば

時を知るには
ラジオと柱時計しかなかった幼いころ
そこはいつも一家八人が集まる部屋
踏み台に直立の姿勢で乗り
ねじを巻くのが父の役目だった
ギィー　ギィーと巻く音を聞きながら
だれもが時を共有していた

前に揺れて歩くね

並んで歩いている人が言った
ツタンカーメン展へ行く道
ほの暗い館で
人と人の間から見た
黄金とあざやかな青い色のカケラ

いま　乾いた心にふりそそぎ
時と時のあいだを　砂時計が
きらきらと　埋めはじめる

それは　わたしにとって
指先をはじくだけのような時だったかもしれない

それでも

しとしとと　背縫いのような雨が慈しく降れば
ほんのりと
無垢な魂が蘇る

時の調整

朝　いつもの場所
カバンをかけた男の子が
お母さんと手をつなぎ
幼稚園のお迎えバスを待っている
トーマスに似たマイクロバスがやってきて
バイバイ　と手を振り
バスの中に消えた

一本西の道に

デイサービスのお迎えの車が
止まっている
車椅子のおばあさんがリフトで上げられ
大きな手提げ袋と一緒に
ワゴン車の中に消えた

春の風がまだ冷たい昼下がり
お母さんが迎える場所に　幼稚園バスが来て
男の子がピョンと跳ね降りた
四月からは一年生

夕方近く
デイサービスのワゴン車が来て
リフトで降ろされた車椅子のおばあさんを

家人が迎える
少し重たくなった手提げ袋と一緒に

時間は同じように過ぎていくのに
うるう秒のようにわずかな誤差がうまれ
日暮れを迎えるころ
大人も子どもも　その差を微熱で調整する

柿の領域

碁盤の上に置かれた
目のように
乾いた土地に
切り株が　並んでいる
年輪をあらわにし
無言でそらを見据えている

去年の秋
枝が張り茂った葉の下で

たわわになっていた夕日色の柿を
もぎとることもなく
老いた主は
とつぜん　亡くなった

　ここだけはわしがめんどうみる
が　口ぐせだった

枝ばかりの無防備な木に
とり残された柿が
魂が浮かんでいるかのように
真っ青な空に
ぽつん　ぽつん
声を掛ける人もなく　熟れたままだった

カラスがつつき
赤くただれた柿が
寒空の下で枝に　へばりついていた

ひと粒の欲望

アーモンドをひと粒口に入れる
カリカリと噛む

歯と歯の間に小さなカケラが挟まり
熱をおびはじめ
焙られた異国の香ばしさが
ルーツ探しの旅へと駆り立てる

西アジアの砂漠は　太陽と汗と乳のにおいがする

母なる大地にも長くは留まれず
ラクダの背に揺られて　ヨーロッパへ
生きるエネルギーがたっぷりだと
すっかりもてはやされ
もともとは流浪の民　それならばと
開拓心の強いアメリカへ
身ひとつで船に乗った

人は飢えていた
ひと粒が　二粒　三粒へと
より多くをと　奪い合うようになった
ひと粒のために
世界のどこかでいさかいが生まれようとしている

種が乾いた土地で育つように
乾いた心にも　わずかな潤いが生まれたならと
熱い思いを持ちつつ　たどり着いたときには
白い花が咲く巴旦杏は
棘のあるバラ科に属することを
すでに知らされて

一人っきりで
カリフォルニアのひもじい風を吸い込んでいる

二月の訪問者

先ほどから
小鳥が行き来している
枝ばかりの木に止まっては
小枝を二、三回渡り
また飛び立っていく
あれは　きのう川べりの乾いた道を
チョンチョンとあるいていた鳥

今日もまた　訪ねてきた人は

満面の笑みを浮かべて
同じことを小鳥よりも早口に繰り返しいう
すでに
わたしの弱さを見透かされて
聞いているうちに
飛び立つ場を失って
巣の中の止まり木を探す

訪ねてきた人は
実が落ちるころあいを知っているかのように
パンフレットをひろげ

　今がちょうどいい時です

気が付いてみると
いつのまにか　小鳥は
いなくなっていた

根もと近くの水桶は
ひっくり返ったまま

鶸《ひわ》とひとり

十一月の障子を閉めると
やわらかな昼下がりの陽が映る
鶸色の器がひとつ
かすかなため息がもれる
放課後の教室にひとり
机から離れない子がいる

いつもうつむいて
誰かと話している声を　聞くことがない

四時間目の算数で
答えられなかった

きのう　おとといは　休んだ　家には
病気のお父さんがいた

薄いセーターの袖を
ときどきひっぱりながら書いている

国語の教科書をひたすら写し
美しい字だった

鶸は　秋になると北から渡って来て
澄んだ可憐な声で鳴くという

町はずれの大きな樹の下で
群れの中にひときわ高い囀り

美しい字を書いている子が
ひとり

Ⅲ

柊の木の中で

鳩が庭に来るようになった
嘴に何かをくわえ
二羽が　かわるがわる
柊の木の中へ
巣作りをはじめたらしい
痛い葉の中に

あたりを警戒するまんまるい目と

部屋の中からそっと見ている目と
合ったような　気がする

(みていないからいいよ)

離れた枝から　すばやく巣の方へ
何度も

空の青い朝
緑の柊の下に
白い小さな卵の殻が　落ちていた
ふたつに割れて

雛の鳴き声は　聞こえない

親鳩の姿も消えた
箱も杖もない
黒い手品師は　どこだ

置き去りにされた巣は
柊の葉の痛みに　じっと耐えている

耳が泣いている

眠りにつけぬまま
張りつめている気が
あたりの見えぬものをたぐり寄せて
耳が泣いている

寒い昼過ぎ
同級生の死を知らせる
友からの電話

颪の強い夜
数人の友とお悔やみに訪れる
色とりどりの絵手紙　一点を見つめる縫いぐるみ
棚には整然と作品が証しのように並んでいる
何度も癌の治療を受けながら
小物づくり　盆栽などを習い
精いっぱい生き　周りを明るくした友
穏やかな美しい顔が話しかけてくる
　もう　がんばれ　ない
最後のことばだった
長い間連れ添った人が
拳を膝の上でにぎりしめ
声を詰まらせた

死に選ばれた人は
もはや　後を振り返らない
最後の夜を　闇が閉じていく

晒された風の音が聞こえてくる
耳が　泣いている

得体の知れない輩

じゃがいもの皮をむいている

チャイムがなり表にでたが
だれもいない
濡れたくつのあとが
ふたつならんで残っていた
夕闇に鉢を置き去っていった人の
いちまつの影を追う
いまにも降りそうな雨の音なのか
ひたひたとおしよせる波の音なのか

それとも
見覚えのない　風知草のささやきか

すりガラスにはりついているものがいる
白い腹と手　足
しっぽが　ない
傷ついたからだを見せに来たのか
はぐれた者たちは　行き所を語らない
残されたものたちは　痛みを共有する
守宮は
白い腹をみせたまま　微動だにしない
得体の知れない輩に　包囲されている
白い湯気がもどかしく　立ち昇る夕闇

位置

さっきから同じ席に腰かけている
音声のないテレビがやたら笑っている
明日に寄りかかろうとしている人たちが
よどんだ空気に時を沈めて
白い壁づたいに脳波だけが
どうどう廻りをしている

膝の上のカバンの手を
何度も握りなおしている

ゆっくりとドアからでてきた人は
目でわたしを探している

砂場で遊んでいる子が
ときどき母親の位置を確認するように

ずいぶん前のこと　席がいっぱいになり
位置が変わったことがあった

いるべきところにいない
それは薬の副作用の戸惑いに似ていて

同じ位置で立ちあがると
やわらかな応答があった

いつか　この椅子にいてくれる人がいるのだろうか
だれかが

捨てられなかったもの

なだらかな坂の
小さなトンネルを抜けると
あなたはため息をついた

少年の恥じらいが
やりきれなさに変わるころには
背負っているものを
捨てたがっていた

山のすそ野に囲まれた田んぼと畑の
絵を描き始め
古い習わしを消すように
何度も何度もぬり重ねた
あれがはじまりだった

最後の絵を描き終えると
画材とともに
屋根裏にしまい
都会へ出て行った

大人になり　幾年かたって
もう　誰も住まなくなった
煙突のある家を　捨てた

代々の土地を　捨てた

なだらかな坂は
車の行きかう新しいトンネルになり
使われなくなったトンネルには
蔓草がはい
遠くを見つめ絵を描く
黒い背の影に　撓み絡んでいる

八月の音色

夕暮れ　どこからか聞こえてくる
大正琴の音が

畳の目を数えるかのように爪を立て
大正琴を弾く
程よく張られた五本の弦を
ぎこちなく動かす指
背筋を伸ばし　習いたての曲
――荒城の月

今　私のもとに届く
震えるような音色は
押し入れの奥から　流れてくる

凛とした響きは失われ
わたしを求めて
たよりげなく漂っている

時と時を引き合うように
長い間はりつめていた　太い弦が
ぷっつり　切れても
かけ替える主はすでにいない

弦は絡むように揺れながら
窓辺の風鈴に伝授しようとしている
八月の音色

柳行李の軋み

ギシッ　ギシッ
押し入れの奥から　柳行李を引きずり出す
ゆっくりふたを開けると
無言の空気が　立ち上がる

喪服　郡上紬　絞りのゆかた　丹前
覚悟の息を大きく吐いて
上から順に積み重ね
ビニール紐でかたく縛る

ほころびを　なおせないまま
縛られた着物は
申し訳ないほど小さくなった

いままで縛られていたのは
私だったのかもしれない

古い柳行李が気抜けしたように
大きな口をあけ　佇んでいる

明日は　秋彼岸
廊下の敷居のふちを　綿ぼこりが走る

在来線のように

線路のない線路に
チカラシバが茂り　その上を
葛のつるが向こう側へ
渡ろうとしている
さえぎるものはなく
廃線になって何年たっただろう

嫁ぐまで乗ることのなかった単線電車
電車の窓から季節が流れていく

最新の夢を買いにデパートへ
あやうげな鉄橋を渡って実家へ
街に出るには　ただ一つの手段
ゴトン　ゴトン　軋みながら
青いシートが　身体との接点を揺すると
波状が胸腺に押し寄せてくる

通過してきた駅名を数えている

途中下車もしないで
敷かれた線路をひたすら走ってきたが
どれほども進んでいない
傾きかけの無人駅に立つと
存在するはずのない錆びた車輪が

ゴトン　音をたて
線路のない線路を
次の駅へ　ためらいながら
また　動きはじめた

ほどけていく

シュルシュル
帯をほどく
帯はそのまま
足もとに　螺旋状に重なる
慣れないすそさばきが
歩調をちぐはぐにしていた

あわせた襟の胸あたりに
こぼれた言葉のシミがひとつ

自分の知らない影のような自分が
鏡の前でみつめている

あるいは
亡き母であったかもしれない

小さなこだわりが
さまざまな思いをめぐらす

惜しみなくついやした時間は
誰のためでもなく　誰のものでもなかった

遠いむかし　大正生まれの母はどんな時も
何事もなかったかのように　着物で日常を包んでいた

最後のひもを引くと
ハラリとほどけて

ほどほど

暑い夏が過ぎたころから
元気だった身体が次第に衰え
食べ物が受け付けられなくなった
高濃度の栄養ドリンクも
　もういいよ
母は　自身の命の容量を決めていた

十歳の誕生日の前日
日光から帰った母のおみやげ

花の絵のちいさな木箱と甘納豆ひと箱
引き出しを開けると　オルゴールが鳴る
甘納豆を二つぶ入れ閉める
開ける
　閉める
開ける
いつのまにか甘納豆の箱が　空になっていた
次の日　熱が出て一日中寝ていた
遠い日のせつない誕生日だった

　ほどほどがええよ
姉兄たちには言わなかったが
なぜか母は
事あるごとに末っ子の私に言い聞かせた

そのころからだろうか　目安は
木箱の旋律に　あわせるようになった

冬の来る前
すべてを見届けた　母は
はかったように　祖母と同じ九十四歳で
ほどほどの命を終えた

あとがき

今年、世界中で蔓延している「新型コロナウイルス」が多くの人々をおびやかしています。

だれもが経験したことのない出来事で自然界の目に見えない未知の相手と戦っていて、一日も早い安全な特効薬の開発が待たれます。

そんな落ち着かない日々の中で、自分を振り返ってみました。

第一詩集『時雨を待って』から十数年も経ってしまいました。

以来とりまく状況は、足早に変わり、日々の介護、見送った人々、そして新しい命の誕生があり、命の大切さや、尊さ、はかなさ、一人では生きていけないことをしみじみと思い、まわりから生かされているのを深く感じました。また予期せぬ出来事の戸惑い、いくつかの後悔、迷い、それでも多くのうれしい出会いや感動、旅の風景がわたしを前へ歩かせてくれました。その折々に書いた詩を選びまとめて、詩集にしました。

時のあいだで、詩のにおいをかぎながら、目、耳、心を研ぎ澄ますと見えてくるもの、新しいものに心を動かされるとき、気持ちの整理、一方で詩を書くことは勇気がいることだと思えたりする複雑な心境の中で、これからも自分を養って書いていきたいと思っています。

長い間、お教えいただきました篠田康彦先生ありがとうございました。詩集をつくるにあたり、ご指導いただきました冨長覚梁先生、お世話になりました土曜美術社出版販売の高木祐子様、詩友の皆様、心より感謝申し上げます。

二〇二〇年　あじさいの咲くころ

鬼頭武子

著者略歴
鬼頭武子（きとう・たけこ）

1944 年　岐阜市に生まれる

2003 年　詩集『時雨を待って』

岐阜県詩人会会員、中日詩人会会員、日本詩人クラブ会員
「ピウ」同人

現住所　〒501-0422　岐阜県本巣郡北方町芝原中町 1-59

詩集　反転《はんてん》しつつ

発　行　二〇二〇年九月二十日

著　者　鬼頭武子
装　丁　直井和夫
発行者　高木祐子
発行所　土曜美術社出版販売
〒162-0813　東京都新宿区東五軒町三—一〇
電　話　〇三—五二二九—〇七三〇
ＦＡＸ　〇三—五二二九—〇七三二
振　替　〇〇一六〇—九—七五六九〇九
印刷・製本　モリモト印刷
ISBN978-4-8120-2586-4　C0092